杯子内部
装饮料的地方。
杯子越大装的饮料越多。

杯子把儿
用手拿着杯子的地方。有了它饮料再烫也不怕。
大杯子把儿比较结实、用得久,但是太占地方。
也许更适合把杯子挂起来吧?

材料
由玻璃、陶瓷、塑料等制成。
塑料杯很轻,不容易摔碎,
但是用它装饮料总感觉似乎没那么好喝。

未小读
UnRead Kids

杯子就是杯子吗？

[日] 佐藤大 著绘

刘畅 译

海豚出版社
DOLPHIN BOOKS
CICG 中国国际传播集团

要不要喝杯牛奶咖啡,

稍微休息一会儿呀?

把咖啡和牛奶倒入杯中……

然后搅拌均匀就好啦!

……欸?不对,勺子呢?

不用勺子也可以！

看我的！

这样可以吗?

把我的杯底弄成尖尖的……

嗖!

快看，像陀螺一样滴溜溜地转一转就搅拌好啦！

或者……

把我的身体拉得长长的，然后……

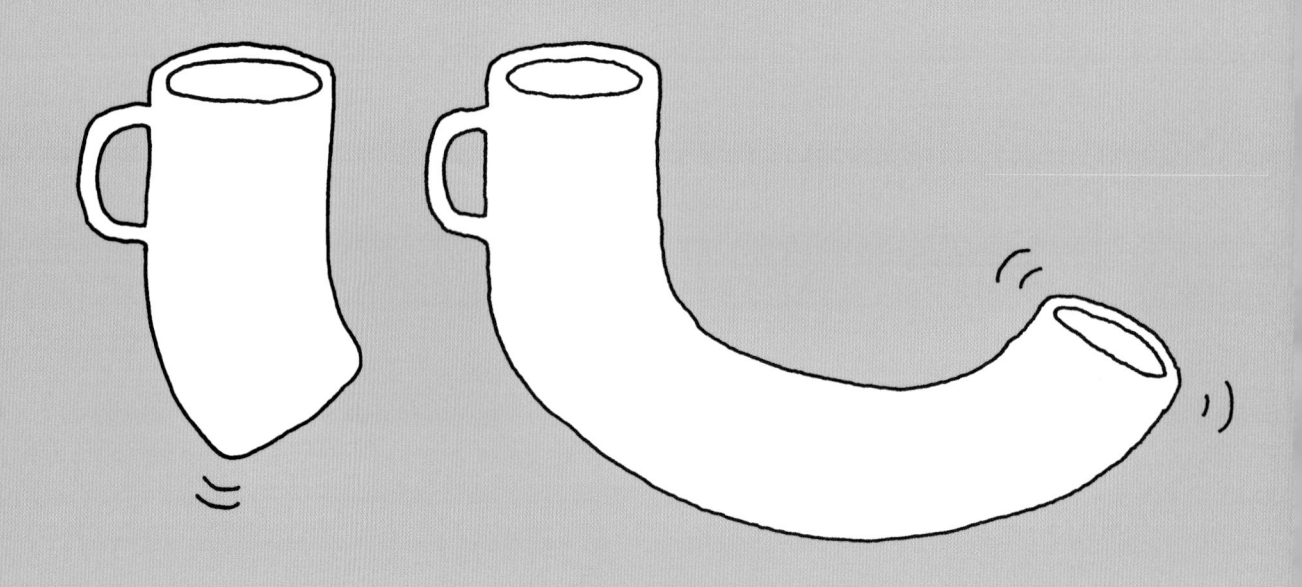

同时从两边分别倒入咖啡和牛奶。

看，在我的身体里就可以混合成牛奶咖啡啦。

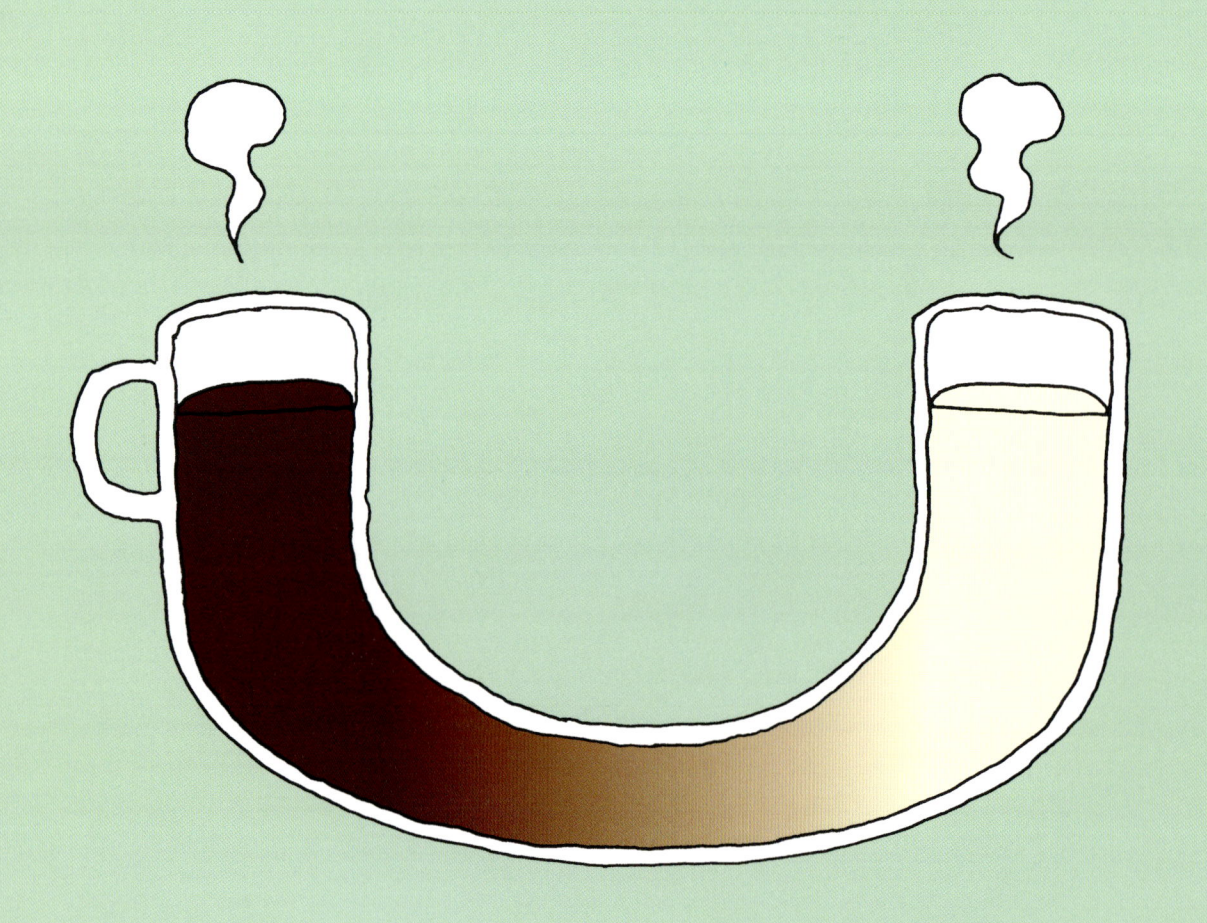

这次在我身体的正中间安上一个隔断,

然后……

这样!

咖啡

牛奶

一起喝下去，

就会在你的肚子里

变成牛奶咖啡了。

欸？这样的你喜欢吗？

把竖着的隔断……

变成横着的……

咦？
你不喜欢啊？

怎么样？变成抽屉了！

没想到还挺能装的吧？

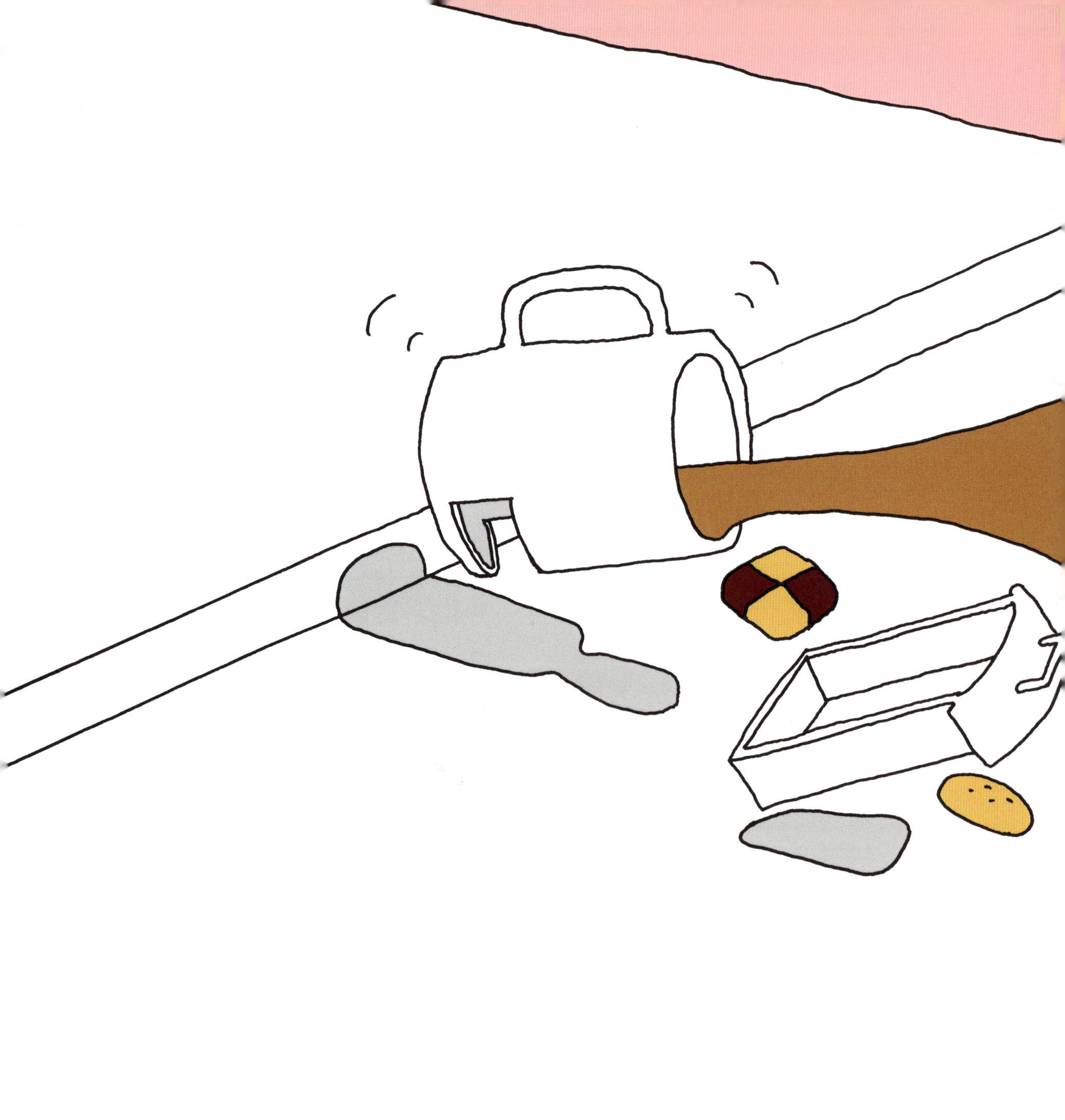

哎呀！

对不起……

我不太会下台阶。

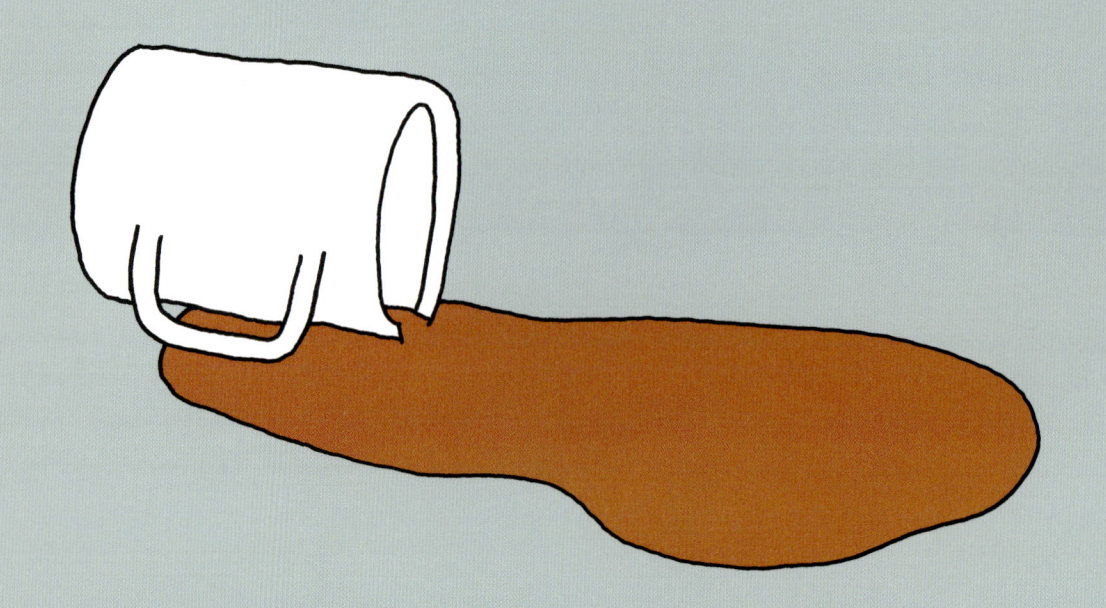

嗯……有什么好办法呢?

欸，对了！

如果把正中间错开一下……

咔嗒咔嗒！

你看！这样就跟台阶完美契合了！

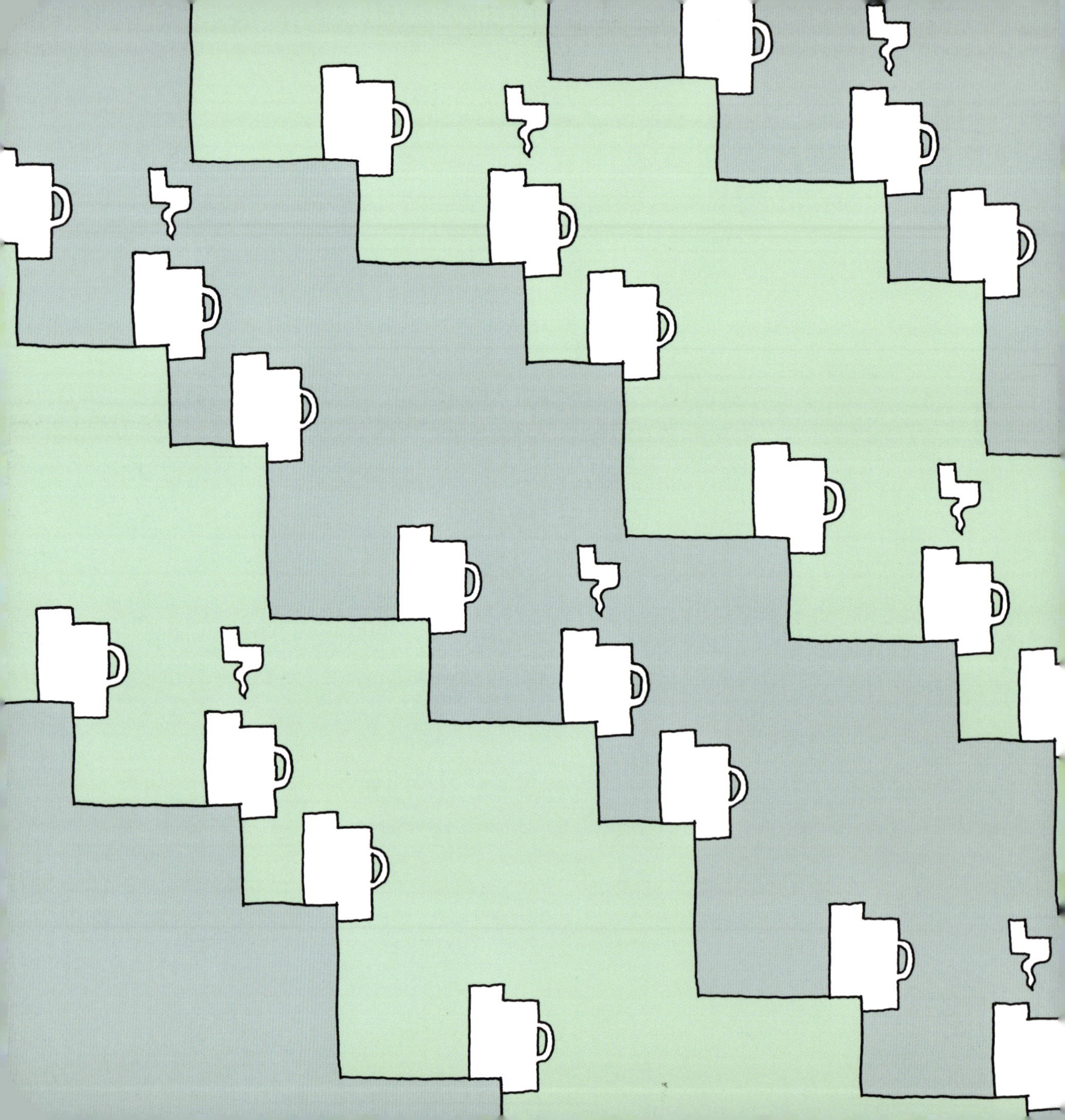

就算有再多咖啡也不怕了！

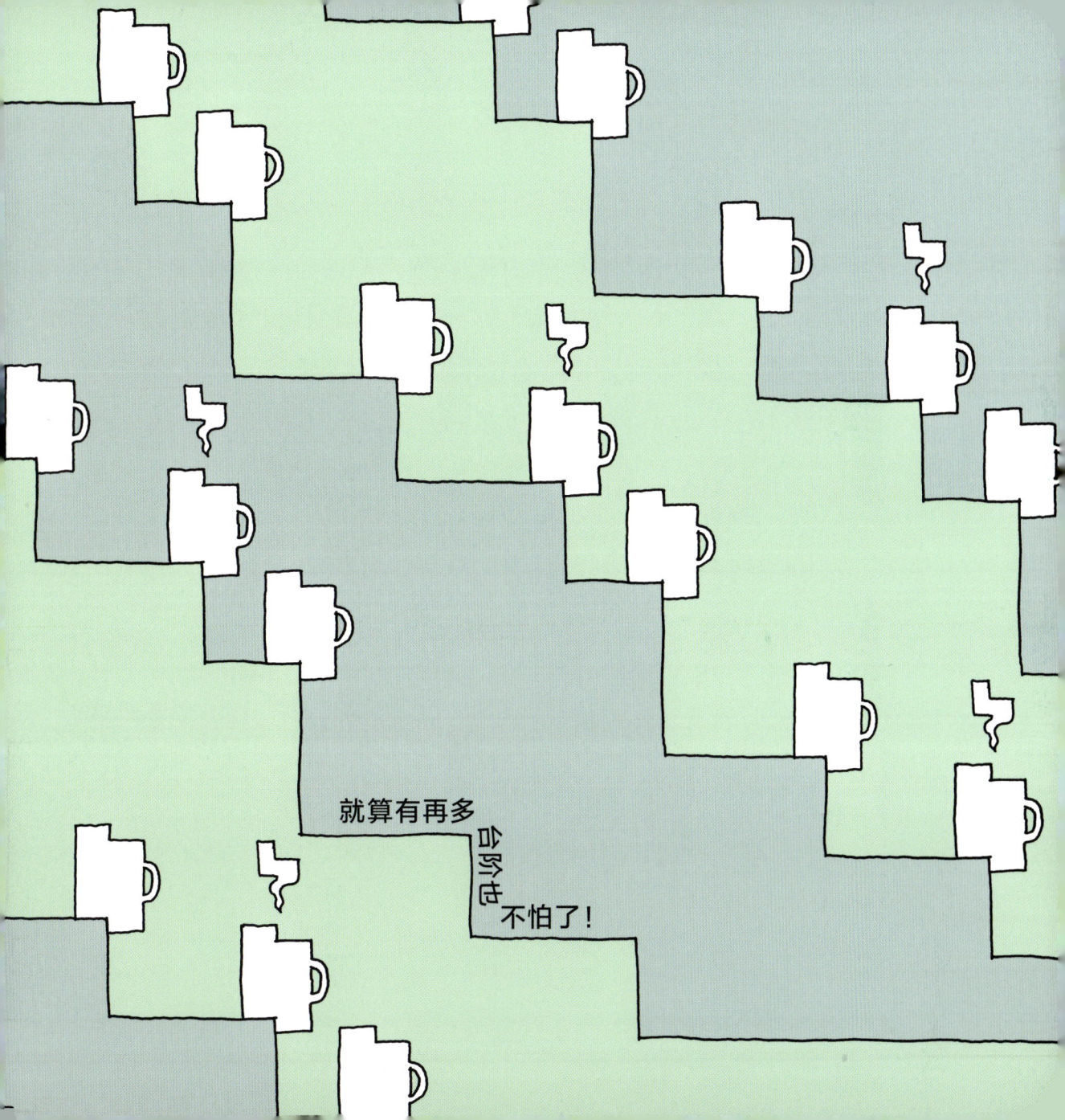

如果不想把水洒出来，

可以把我的脖子拉长一点儿试试……

一点儿一点儿拉长！

怎么样？像不像恐龙的脖子？

轻轻地放下，水就不会洒了！

吼——！

嗯，干脆把杯口关上吧……

开一个洞……

嗡嗡嗡嗡!

做点儿更不容易洒水的杯子吧!

这样的…… 这样的……

这样的…… 你喜欢哪个呢?

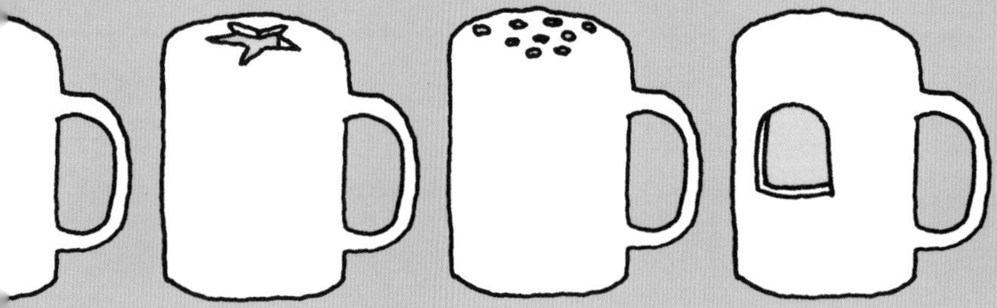

啊，飞过来一只鸟！

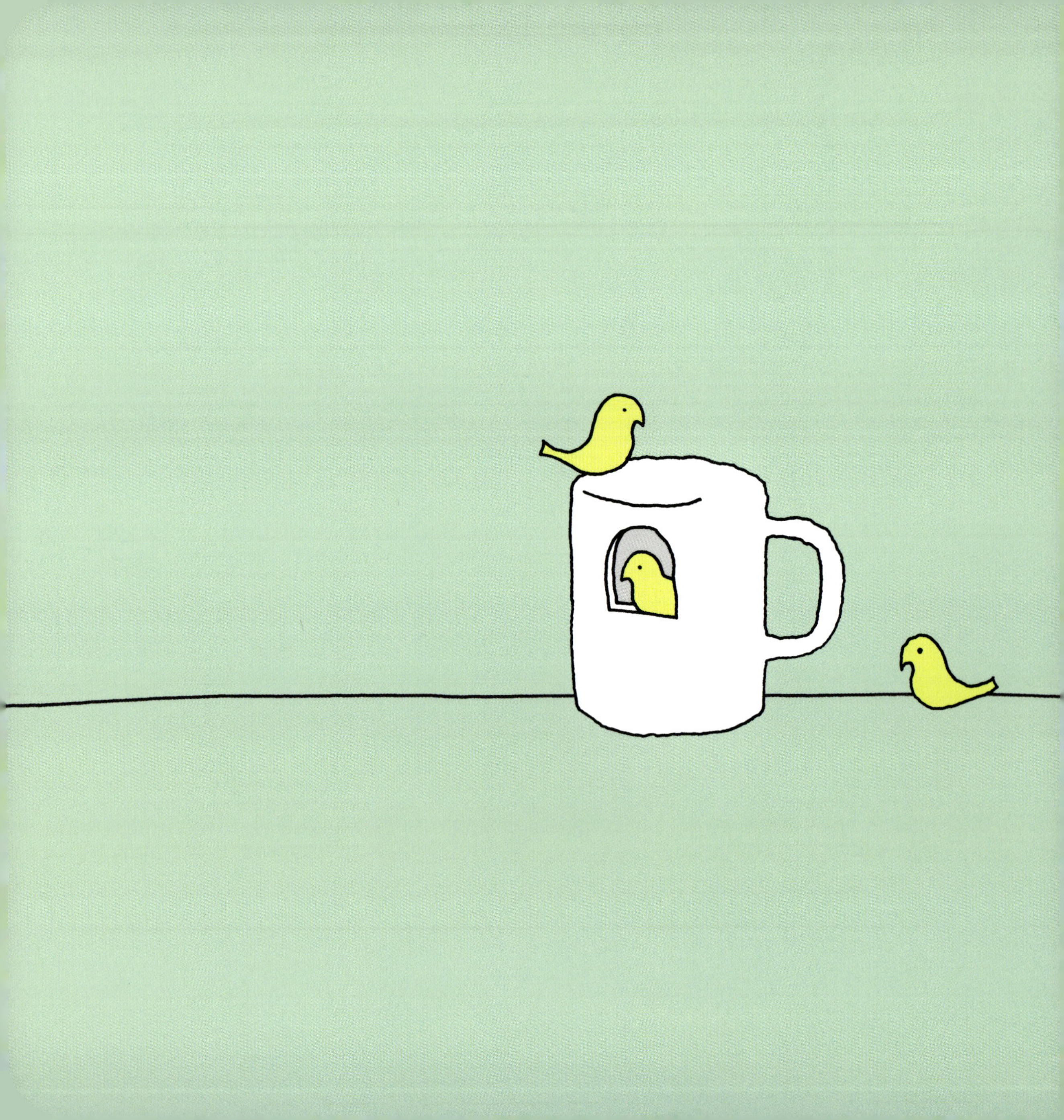

我变成鸟巢了!

哦,没准儿我也可以……

变成一个存钱罐……

一个喷壶……

变成任何样子!

嘿嘿，洞再开大一点儿！

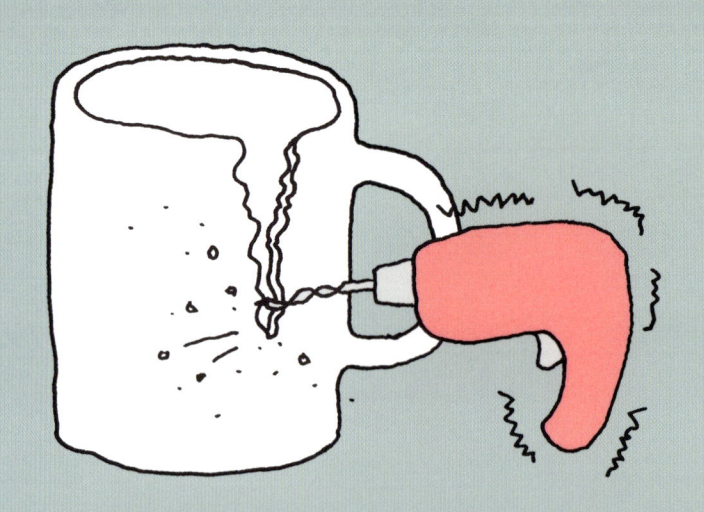

嗡嗡嗡嗡！

咦，这样就没法喝水了吧？

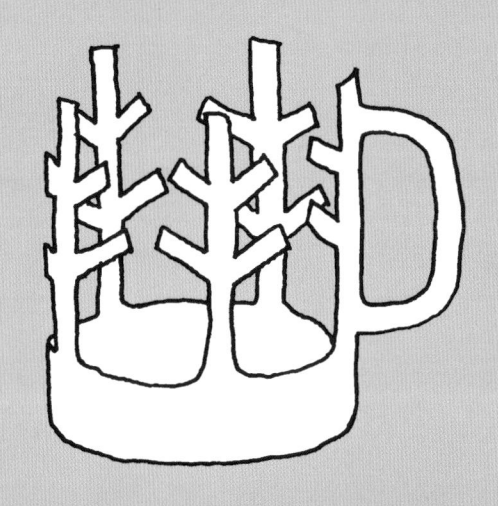

噔!

猜猜变成什么了?

正确答案是——烛台!
眼前就像一片树林似的,好看吧?

这么美妙的气氛，

貌似不太适合一个人喝咖啡吧？

那这样吧？

咯吱咯吱！

分身术!

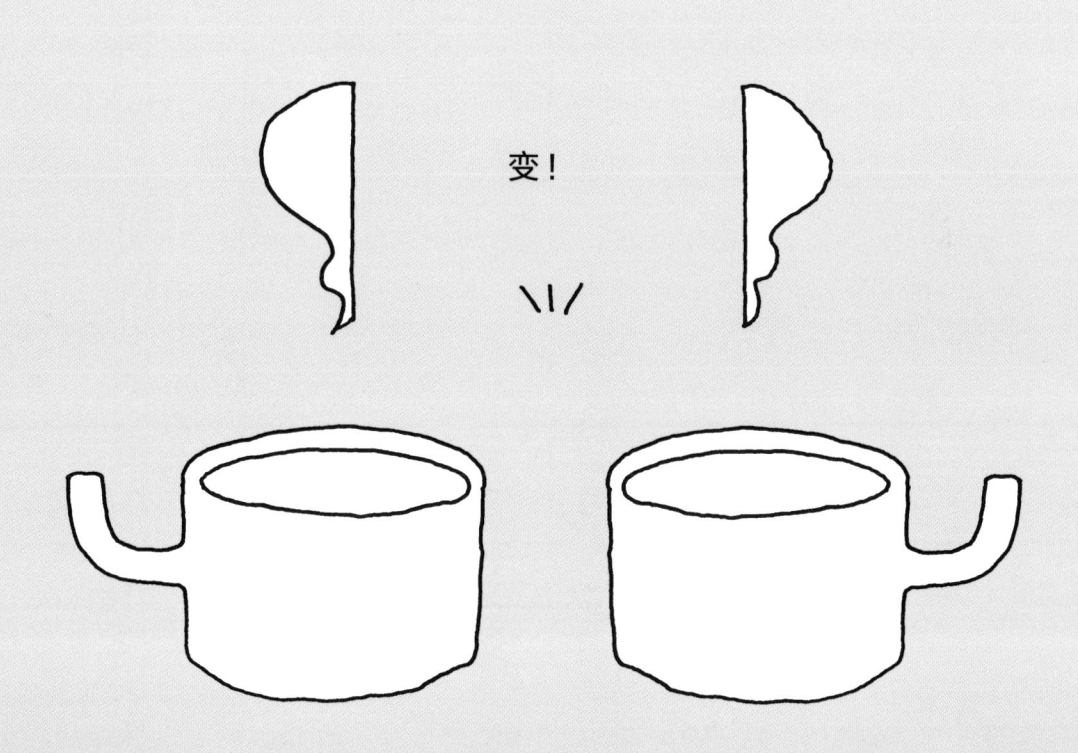

变!

这样就能两个人一起喝了!

嗯？等一下……

如果我能变得更长的话……

就可以变得越来越多……

越来越多……

越来越多……

那大家就都可以喝啦!

太多啦！没有这么大的地方放杯子吧？

没关系！收拾的活儿也包在我身上！

喂，快看！

咦？这不就是普通的杯子吗？

错！横过来再看看！

看,变扁了!

扁了之后……

就能整齐地码放在柜子里啦!

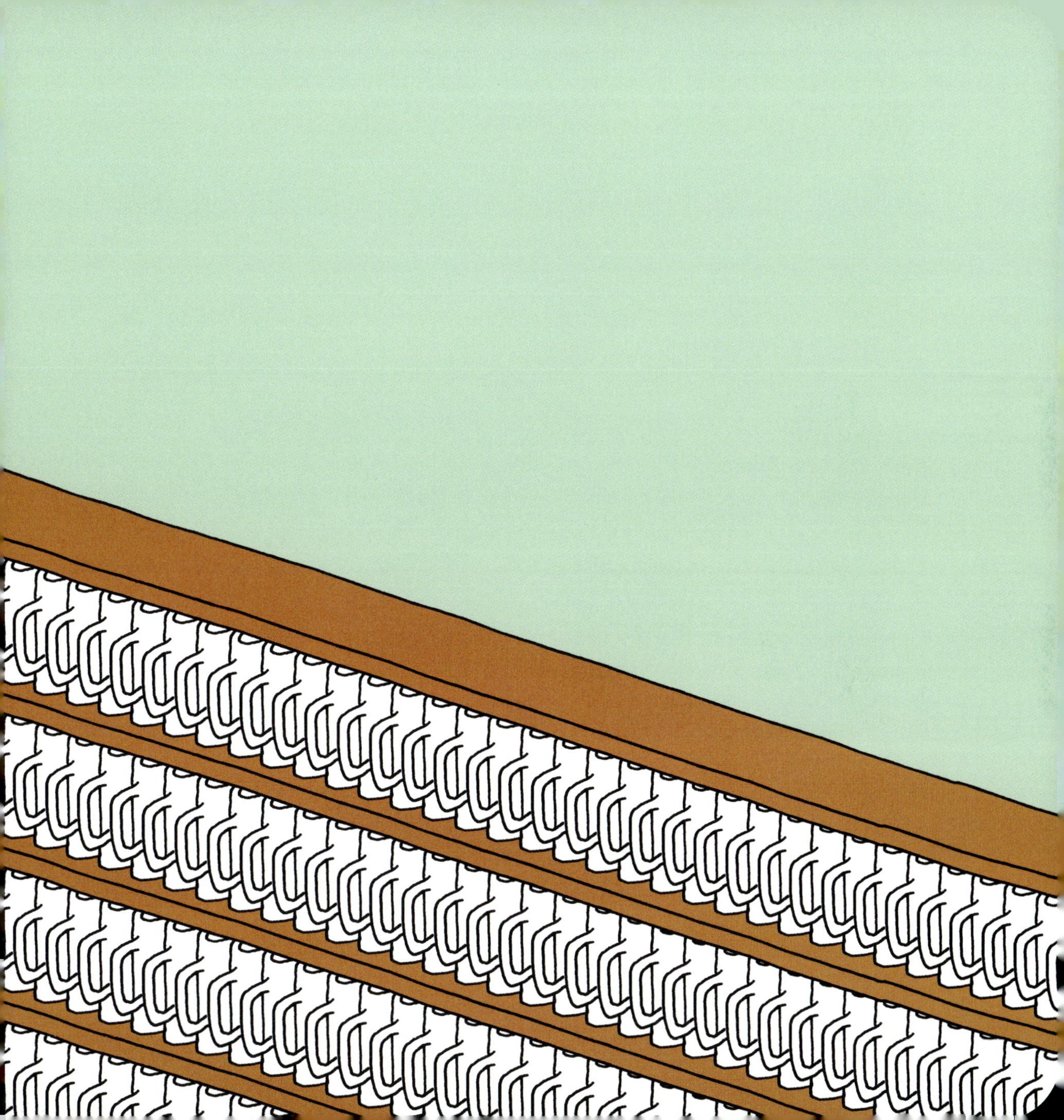

如果还能变成……

钟表……

电灯……

还有花瓶！那么……

就算不想收拾也没关系!

啊！勺子找到了！

呼,有点儿累了。

还是老实地做回普通杯子吧。

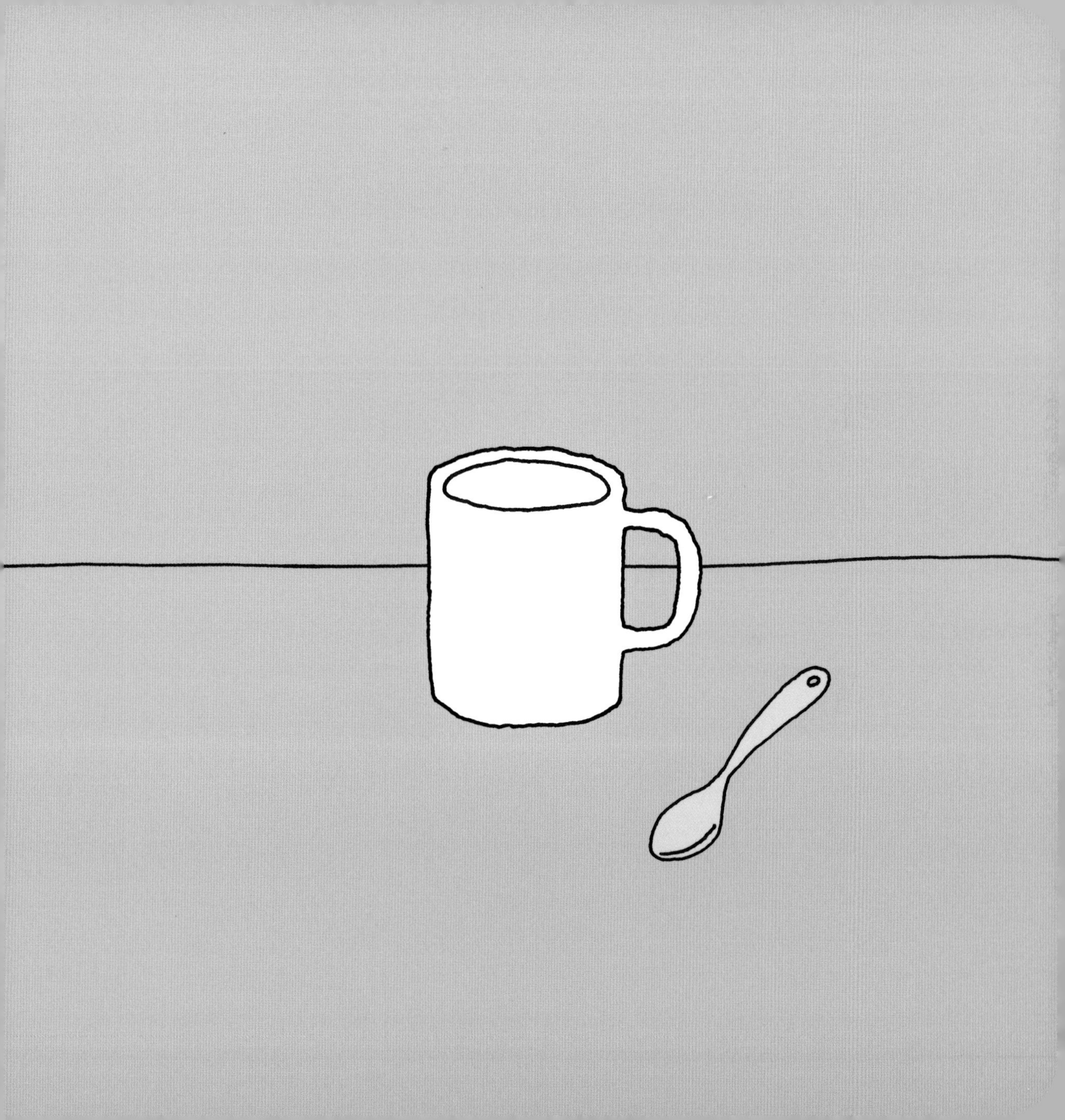

嘿，这次真的要做一杯牛奶咖啡了！

用勺子好好搅拌一下……

啊,桌子又变得湿漉漉了……

怎么办?

如果有一个放勺子的地方就好了。

嘿，你觉得呢？

佐藤大
Sato Oki

设计师。nendo 设计工作室的创始人。

1977 年生于加拿大。2000 年以第一名的成绩毕业于早稻田大学理工系建筑专业。2002 年获得早稻田大学硕士学位,毕业后成立 nendo 设计工作室,办公地点设在日本东京、意大利米兰和新加坡。工作室的设计理念为"让人们感到惊喜",所涉猎的领域非常广泛,包括建筑、室内设计、产品开发、美术印刷等。

2006 年被美国《新闻周刊》(Newsweek)杂志评为"最受世界尊敬的 100 位日本人"之一。2007 年,其执掌的 nendo 设计工作室被评为"备受世界瞩目的日本 100 家中小企业"之一。曾获得英国《墙纸设计》(Wallpaper)杂志、《家居廊》(ELLE DECO)杂志国际设计大奖及法国巴黎时尚家居设计展(Maison et Objet)年度设计师奖。

其代表作品被收藏于美国纽约现代艺术博物馆、英国维多利亚与阿尔伯特博物馆、法国巴黎蓬皮杜文化中心等世界著名美术馆与博物馆。

著有《用设计解决问题》(钻石社)、《佐藤大的设计减法》(小学馆)、《佐藤大:超快速工作法》(幻冬社)、《由内向外看世界》(日经商业出版公司)等书籍。

目前已经参与录制的节目有日本放送协会(NHK)纪录片《行家本色》、日本放送协会教育台《访谈达人们》、日本电视台《另一片天空》、日本放送协会教育台《小友 TV》等。这些节目引起了观众的强烈共鸣。

工作室网址:www.nendo.jp

图书在版编目(CIP)数据

杯子就是杯子吗?/(日)佐藤大著绘;刘畅译. -- 北京:海豚出版社,2020.6(2024.6重印)
ISBN 978-7-5110-5247-6

Ⅰ.①杯… Ⅱ.①佐… ②刘… Ⅲ.①儿童故事—图画故事—日本—现代 Ⅳ.①I313.85

中国版本图书馆CIP数据核字(2020)第086580号

KOPPUTTE NANDAKKE

KOPPUTTE NANDAKKE
by Oki Sato
Copyright © 2018 Oki Sato
Original Japanese language edition published by Diamond, Inc.
Simplified Chinese translation rights arranged with Diamond, Inc. through BARDON-CHINESE MEDIA AGENCY.
Simplified Chinese translation copyright © 2020 by United Sky (Beijing) New Media Co., Ltd.
All rights reserved.

北京市版权局著作权合同登记号 图字:01-2020-2710号

杯子就是杯子吗?
[日]佐藤大 著绘
刘畅 译

出版人	王磊
选题策划	联合天际
责任编辑	许海杰 胡瑞芯
特约编辑	韩志 徐耀华
装帧设计	浦江悦
责任印制	于浩杰 蔡丽
法律顾问	中咨律师事务所 殷斌律师

出 版	海豚出版社
社 址	北京市西城区百万庄大街24号 邮编:100037
电 话	010-68996147(总编室)
发 行	未读(天津)文化传媒有限公司
印 刷	雅迪云印(天津)科技有限公司
开 本	24开(787mm×1194mm)
印 张	3
字 数	15千
印 数	22001-25000
版 次	2020年6月第1版 2024年6月第6次印刷
标准书号	ISBN 978-7-5110-5247-6
定 价	55.00元

本书若有质量问题,请与本公司图书销售中心联系调换
电话:(010)52435752

未经许可,不得以任何方式复制或抄袭本书部分或全部内容
版权所有,侵权必究

给家长们的一封信

大家好，我是设计师佐藤大。

提到设计，大家会想到什么呢？

制作出好看、有趣的东西？

对我来说，设计就是不放过日常的任何小麻烦，并找出新的解决方法。

是的，哪怕像杯子这种身边毫不起眼的物件，我们也可以从不同角度不断对其进行改进。

看到杯子，如果你一旦有了"这就是普通杯子"的想法，那么灵感肯定就不会浮现了。

"杯子好好看一看的话还挺有意思的"，"怎样能让杯子变得更有趣呢"，这样的想法其实非常重要。

这本书以随处可见的杯子作为主人公，一边从实际出发去观察，一边积极开动脑筋思考，然后把各种想法转化成形。读完这本书，大家就能学会对平常的事物产生怀疑，从而产生新的创意，这就是所谓的"设计视角"。

这本书出版之后，家长和孩子们看到书中各式各样的杯子时，发出"我喜欢这个杯子！""原来还有这样的杯子啊？"类似的热烈讨论，对此我感到非常高兴。

最后，希望大家能够多多支持孩子们想出的特别点子，毕竟视角是一种因人而异的事情。

nendo设计工作室 佐藤大

2018年4月

如果有带勺子的小杯子就好了。

把勺子附在杯把儿上行不行呢?

杯身上有个能完美契合勺子的凹槽如何?

把杯把儿当成勺子架呢?

杯沿上有个放置勺子的卡槽如何?

把勺子做成软的,就可以绑在杯把儿上了。

如果勺子变成杯垫呢?

勺子像救生圈一样浮在水面上怎么样?